A mis queridos Max y Lo, y a Mayou y Nini.

M. O.

Para todos aquellos que no dejan de sembrar semillas de esperanza.

A. K.

Un álbum de la colección:

La Puerta del Arte

Título original: LE GARDIEN DE L'ARBRE

Texto de Myriam Ouyessad
Ilustraciones de Anja Klauss

© L'Élan vert, Saint-Pierre-des-Corps, 2015 - www.elanvert.fr
Concepción gráfica: Fred Sochard
©Réseau Canopé, 2015 (institución pública de carácter administrativo)
Telepuerto 1 @ 4 - BP 80158, 86961 Futuroscope Cedex

© de la traducción española:
EDITORIAL JUVENTUD, S. A., 2016
Provença, 101 - 08029 Barcelona
info@editorialjuventud.es - www.editorialjuventud.es
Traducción de Susana Tornero

Primera edición, 2016

ISBN: 978-84-261-4395-2
DL B 20491-2016
Núm. de edición de E. J.: 13.316
Printed in Spain
Grafilur, Avda. Cervantes, 51 - 48970 Basauri (Bizkaia)

Créditos fotográficos:
Gustav Klimt
La espera - El árbol de la vida - El abrazo
Estudio para el friso en mosaico del palacio Stoclet, 1905-1909
© Bridgeman Images

Gustav Klimt

MYRIAM OUYESSAD

EL GUARDIÁN DEL ÁRBOL

ANJA KLAUSS

Editorial EJ Juventud

Provença, 101 – 08029 Barcelona

Kahlil se volvió. Todo iba bien.
Nadie le había seguido. Subió en cuatro saltos
la escalera que conducía a la cabaña del árbol.
Nadie tenía que saber que iba a casa de Minoa,
si no tendría problemas.
En el pueblo, la gente chismorreaba mucho…
Para algunos, Minoa no era más que una vieja loca
que hablaba con los árboles. Pero para otros,
la mayoría, era una bruja.
Kahlil prefería dejarlos hablar y guardar su secreto.

Minoa estaba sentada en medio de la cabaña.
Lo recibió muy solemne.
—Hoy, muchacho, he elegido yo la caja.
Creo que estás preparado.

Normalmente, Kahlil elegía una caja al azar entre todas
las que cubrían las paredes de la cabaña.
Sacaba una semilla, se la tendía a Minoa,
y la mujer contaba su historia.
Le hablaba del país de donde procedía la semilla,
dibujaba el árbol de donde había salido y explicaba
las virtudes de sus frutos.

Pero esa mañana, por primera vez, fue Minoa quien le entregó una caja.
Era blanca, un poco más grande que las demás. Kahlil no la había visto nunca.
—Tómala y ábrela, Kahlil.
La voz de Minoa temblaba de emoción.

En el interior de la caja había una semilla grande
como el puño del muchacho, y brillante como el oro.
—¡Qué bonita! —exclamó Kahlil, con admiración—. ¿De dónde viene?
—Esta semilla es un misterio. La encontré en un desierto, pero el árbol no existe.
En ninguna parte. Solo dentro de esta única semilla.
—¿Y por qué no la ha plantado? —preguntó Kahlil, intrigado.

Mientras el árbol está en la semilla, está protegido.
Pero en cuanto germine, será frágil. Esta semilla es muy valiosa,
hay que protegerla. Yo ya estoy demasiado vieja. Tómala. Es para ti.
Ahora tú eres el guardián de este árbol único.

Año tras año, Kahlil velaba por la semilla como su más preciado tesoro.
Sabía que la anciana estaba en lo cierto, que es más fácil proteger
una semilla que un árbol. Así que Kahlil se preparó. Adiestró un halcón
para que cazara a los animales que se aproximaran al árbol.
Cuando el pájaro estuvo listo, Kahlil se puso en camino.
Se alejó de las ciudades y partió más allá de las montañas.
Sentía que aquel árbol único también debía estar protegido
de la curiosidad de los hombres.

Tras largas semanas de camino, Kahlil llegó a un pequeño
valle aislado, atravesado por un arroyuelo. El lugar era perfecto...
Emocionado, Kahlil se arrodilló y cavó el suelo, lentamente.
Pensaba en Minoa, que ya no estaba allí. Él le demostraría
que era digno de su confianza.
Con manos temblorosas, depositó la semilla en el agujero,
la cubrió delicadamente y la regó con agua del arroyo.
A partir de ese momento, el hombre y el halcón vigilaron
noche y día la preciosa semilla.

¡El árbol creció de un modo extraordinario!
A las pocas semanas, apareció un tronco grande y sólido.
Después brotó una rama. Una sola rama, muy larga, cuyas
ramificaciones se enroscaban formando delicadas espirales.
Al cabo de siete años y siete ramas, el árbol dejó de crecer.
Y entonces apareció su primer fruto. Era negro y blanco, como
un ojo. Cuando le pareció maduro, Kahlil recogió el fruto.
Lo abrió con precaución para buscar una semilla.
Pero en el fruto no halló ni pepitas, ni hueso…
Solo la carne, jugosa y perfumada.
El guardián vaciló, y luego se llevó la fruta a la boca.
Su sabor era exquisito, incomparable. Esa noche,
Kahlil no comió nada más y cayó profundamente dormido.

Poco antes del alba, Kahlil se despertó,
sobresaltado. ¿Había estado soñando?
Se frotó los ojos para sacudirse los sueños de la noche,
pero unas imágenes terribles se agarraban a sus párpados.
Primero, había un árbol en llamas que iluminaba la noche.
Luego, un río que inundaba la ciudad y el palacio de Ganhar.
Sus aguas negras transportaban cuerpos entre las ruinas.
Y después, aparecía un rostro. El hermoso rostro de una princesa,
sin vida. Kahlil acarició al halcón e intentó olvidar esas visiones siniestras.
Pero el rostro de la mujer se le quedó grabado en el corazón.

La noche siguiente estalló una tormenta de una violencia inusitada.

Con un gran estruendo, el rayo se abatió sobre un roble colina abajo.

Al ver arder el árbol, Kahlil se quedó estupefacto.

Ese árbol en llamas era el árbol de su sueño.

Kahlil no comprendía cómo era posible, pero estaba seguro de ello.

El primer fruto del árbol único permitía ver a través del tiempo.

Kahlil había soñado el futuro.

Entonces pensó en el palacio de Ganhar sumergido bajo las aguas.

¡Había que avisar al rey Argo e impedir el desastre!

Kahlil confió un mensaje al halcón.

Solo el pájaro podría llegar a tiempo.

El rey Argo acogió al halcón con curiosidad
y leyó el mensaje con atención.
Un loco, sin duda, predecía que la ciudad
de Ganhar se hundiría bajo las aguas…
Argo era un hombre sabio. Por prudencia,
envió a sus guardias a que inspeccionaran el río.
¡Y volvieron enseguida para dar la alarma!
¡Un dique estaba a punto de ceder!
Todos los hombres de Ganhar se unieron
para retener el río tras los diques.
Gracias a sus esfuerzos y al misterioso
mensaje, la ciudad se salvó.

Ahora el rey sabía que el dueño del halcón no era un loco.
Entonces ¿quién era? Argo quería descubrirlo. Llamó a su hija,
la princesa Nadia, a su lado y le confió una misión:
—Quiero que encuentres al hombre que ha salvado nuestra ciudad.
Su halcón te llevará hasta él. Afirma que puede ver el futuro, pero yo
no creo semejante prodigio. Partirás al alba con tu criada, pero irás
a pie, y la criada a caballo. Si este hombre realmente tiene un poder,
si no es un impostor, sabrá quién eres, y podrás ofrecerle todo
el reconocimiento del rey Argo y de su pueblo.

Al pie del árbol, Kahlil acechaba la vuelta del halcón
con impaciencia. Por fin lo vio, seguido de dos mujeres.
La primera montaba un caballo blanco y vestía ricos ropajes de oro.
La segunda iba descalza y con los cabellos al viento.
En cuanto la vio, Kahlil se estremeció. ¡La princesa había sobrevivido!
Era aún más hermosa que en su sueño. Kahlil cayó de rodillas ante ella.
En silencio, agradeció al árbol y a sus frutos que hubiera salvado esa vida.
—Mírame —dijo la mujer.
Kahlil alzó la cabeza. Nadia sonrió.
—Entonces no has mentido. Tú ves lo que los otros no ven…
Ella se inclinó ante Kahlil, y él se acercó y la estrechó entre sus brazos.

LA ESPERA   EL ÁRBOL DE LA VID

GUSTAV KLIMT

Partimos
del estudio para el
friso en mosaico
del palacio Stoclet

1905-1909, témpera sobre cartón,
MAK (Museo Austríaco de Artes
Aplicadas), Viena (Austria).

EL ABRAZO